大哉孔子

世界的『三孔』

王之俊 著

中国石油大学出版社
CHINA UNIVERSITY OF PETROLEUM PRESS

山东·青岛

目 / 录

◎孔 庙 …………………………001

谒孔庙 …………………………002

万仞宫墙 …………………………007

金声玉振坊 …………………………010

泮 桥 …………………………014

棂星门 …………………………015

下马碑 …………………………018

奎文阁 …………………………019

十三碑亭 …………………………024

杏 坛 …………………………027

大成殿 …………………………030

两 庑 …………………………038

寝 殿 …………………………039

圣迹殿 …………………………040

金丝堂 …………………………041

启圣殿 …………………………042

孔母寝殿 …………………………043

诗礼堂 …………………………046

崇圣祠 …………………………048

孔子故宅 …………………………051

故　宅 ……………………051

故宅井 ……………………052

鲁　壁 ……………………054

孔子世系碑 ………………057

故宅赞 ……………………058

先师手植桧 ………………060

◎ 孔　林 …………………063

谒孔林 ……………………064

孔林神道 …………………066

万古长青坊 ………………067

两碑亭 ……………………068

林　门 ……………………069

大林门 ……………………070

二林门 ……………………071

洙水桥 ……………………072

洙　水 ……………………073

更衣亭 ……………………074

神　庖 ……………………075

享　殿 ……………………076

孔子墓 ……………………079

孔林墓区 ······················ 087

   孔林墓区 ······················ 087

   孔子墓园 ······················ 088

   宋元墓群 ······················ 089

   明代墓群 ······················ 089

   清代墓群 ······················ 090

于氏坊 ··························· 091

孔仁玉墓 ························· 093

孔尚任墓 ························· 094

走近孔林 ························· 097

◎ **孔　府** ······················ 099

谒孔府 ··························· 100

衍圣公 ··························· 101

孔　府 ··························· 104

大　门 ··························· 106

二　门 ··························· 108

六　厅 ··························· 110

大　堂 ··························· 112

二　堂 ··························· 116

三　堂 ··························· 119

内宅门 ……………………… 120

前上房 ……………………… 123

前后堂楼 …………………… 127

花　园 ……………………… 130

东　路 ……………………… 131

西　路 ……………………… 133

阁老凳 ……………………… 134

孔府宴 ……………………… 135

◎ 附　录 …………………… 137

孔子遗迹 …………………… 138

　尼　山 …………………… 138

　夫子洞 …………………… 139

　尼山孔庙 ………………… 140

　尼山书院 ………………… 141

　观川亭 …………………… 142

　颜母祠 …………………… 143

　梁公林 …………………… 145

　孔子闻韶处 ……………… 147

　孔子入周问礼处 ………… 148

孔子登东山小鲁处 …………149

孔子登泰山小天下处 ………150

孔子宰中都处 ……………151

齐鲁夹谷会盟处 …………152

仪封人请见处 ……………153

孔子击磬处 ………………154

孔子匡蒲被围处 …………156

桓魋伐树处 ………………157

矍相圃 ……………………158

子路问津处 ………………159

孔子陈蔡绝粮处 …………160

舞雩台 ……………………161

洙泗书院 …………………162

孔子称谓 ……………………164

孔子封号 ……………………166

历代帝王朝圣 ………………168

乾隆帝朝圣 …………………171

咏三孔 ………………………173

后 记 ………………………175

孔庙

谒孔庙

（一）

历代帝王祭孔处，

百世庶民俱敬仰。

气势宏伟规模大，

比肩故宫和山庄。

雕龙画栋覆黄瓦，

金碧辉煌围红墙。

古木参天碑如林，

享誉世界名四方。

（二）

庙宇始于公元前，

孔子殁后第二年。

生前居室改为庙，

岁时奉祀从未断。

西汉以降至明清，

不断修葺和扩建。

占地面积三百亩，

四周高墙森而严。

孔庙

（三）

坐北向南院九进，
轴分东西貌井然。
一阁一坛三大殿，
位于中轴正中间。
两庑两堂和两斋，
对称排列左右边。
门坊角楼五十座，
殿堂祠阁五百间。

（四）

孔子幼孤少也贱，

自强不息至暮年。

乘田委吏中都宰，

司寇夹谷汶阳田。

周游列国十四载，

教授弟子逾三千。

韦编三绝为研《易》，

整理六经功盖天。

（五）

孔子辞世哀公祭，

并以尼父尊称之。

西汉以降直至清，

历朝无不尊孔子。

十二帝王祭孔庙，

题赠匾联并赋诗。

十一帝王追封号，

由公而王至先师。

万仞宫墙

（一）

曲阜正南门，
明代修建成。
墙由砖石砌，
门呈券拱形。

（二）

平时门紧闭，
肃穆而神圣。
帝王来致祭，
此门方开封。

（三）

券拱高而大，

重门有瓮城。

上面建城楼，

重檐歇山顶。

（四）

"万仞宫墙"额，

语出于子贡。

字乃乾隆书，

原题胡缵宗。

（五）

万仞宫墙高，

尚无人登峰。

根基植大地，

顶端入云层。

孔
庙

金声玉振坊

（一）

坊位宫墙北，
玉带河之南。
石柱冲天立，
辟邪蹲顶端。
坊额瓦垅状，
坊楣五龙盘。
"金声玉振"者，
源于孟子言。

（二）

孟子曾经说：

伯夷清之圣，

伊尹任之圣，

柳下惠和圣，

孔子时之圣，

孔子集大成。

孔庙

集大成也者，

金声玉振也，

金声始条理，

玉振终之也。

金声即击钟，

玉振即击磬。

以击钟开始，

以击磬告终。

金声玉振也，

奏乐全过程。

金声玉振坊，

用以来表明，

先圣之思想，

孔子集大成。

孔庙

泮 桥

庙前玉带河，

河上建泮桥。

两侧石护栏，

桥头龙陛雕。

桥上不准行，

只走桥旁道。

旧时之入泮，

就是入学校。

走过泮桥后，

即入孔子道。

棂星门

（一）

孔庙之大门，
建于明朝间。
三间而四楹，
铁梁饰朱栏。
石柱雕云朵，
寓意入云端。
柱头雕天将，
盔顶而甲贯。
铁阀铸龙头，
黄瓦围红垣。
俨然比宫廷，
规格已顶天。

孔
庙

（二）

古人祭天时，

先要祭棂星。

宋朝之仁宗，

时年在天圣，

郊台筑外垣，

置门曰棂星。

后用于孔庙，

以此来表明，

像尊天那样，

一例尊孔圣。

（三）

今日棂星门，

依然存古风。

世人每至此，

肃然而起敬。

谒门再入庙，

然后祭大成。

孔庙

下马碑

棂星门之前，
禁止车马行。
两侧下马碑，
无声之命令。
武官必下马，
文官轿必停。
皇帝来祭祀，
也要下辇行。

奎文阁

（一）

高阁出宫墙，

浩浩照艳阳。

三层阁檐飞，

四重斗拱翔。

黄瓦近宫廷，

御书接奎光。

可望不可登，

不觉久瞻仰。

孔庙

（二）

天上之奎宿，

二十八宿一，

包括十六星，

古籍明载之。

因其相屈钩，

形似一"文"字。

"奎主文章"义，

《孝经》书中记。

（三）

宋代建此阁，

用来藏书籍。

帝王赐书画，

全部存于此。

原名藏书楼，

金代章宗易。

命名奎文阁，

取其主文义。

孔
庙

（四）

明朝时改建，

通高廿三米。

三层而七间，

实用而壮丽。

黄瓦及朱甍，

准于皇宫制。

（五）

童柱达檐柱，

国内之孤例。

不但结构殊，

而且合物理。

风雨五百年，

巍然而屹立。

孔庙

十三碑亭

（一）

十三碑亭气象宏，
内存御碑享盛名。
碑刻文字汉蒙满，
建筑年代金元清。
南八北五东西列，
金二元二建四亭。
清代建筑亭九座，
康熙乾隆陆续成。

（二）

最早碑亭有两座，
金代章宗时建成。
形成正方布局妙，
斗拱豪放别具风。

（三）

最古御碑源唐朝，
亭中尚存有二通。
一立高宗总章时，
一立玄宗开元中。

（四）

最大御碑立清朝，

康熙二十五年中。

样式古朴而高大，

可达六十五吨重。

杏坛

（一）

孔子当年讲学处，
见于《庄子渔父篇》。
夫子弦歌坛上坐，
弟子读书坛下边。
夫子道高墙千仞，
弟子聪慧不平凡。
七十二人通六艺，
传承文明两千年。

孔庙

（二）

今日杏坛明朝建，

上覆黄瓦下朱栏。

二重飞檐和斗拱，

十字结脊四歇山。

亭内环以楠木柱，

藻井全绘金龙盘。

赫赫御碑亭中立，

乾隆手书《杏坛赞》。

（三）

当年筑坛为讲学，

后人尊崇为圣坛。

"夫子之不可及也"，

犹天无阶不可攀。

然将大道寓情理，

不离人伦说虚玄。

循循善诱诲不倦，

如同春风遍人寰。

孔庙

大成殿

（一）

大成殿乃第一殿，

天下各殿攀比难。

太和殿尊时日短，

从建至今几百年。

尊贵只是在当朝，

过后只供人观瞻。

大成殿者则不同，

历史悠久仁道涵。

天贶殿之规模大，

重在封禅祭泰山。

游离国计和民生，

黎民百姓感知浅。

（二）

"民之于仁"甚水火，

大成殿与仁相关。

仁义礼智信之教，

温良恭俭让之范。

全都蕴藏大殿中，

以供百姓之敬瞻。

秦皇汉武今安在？

唐宗宋祖知何边？

成吉思汗一天骄，

墓葬何处确知难。

天以夫子为木铎，

引导天下两千年。

孔庙

（三）

大成殿曾遭雷击，
毁后重建清世宗。
殿筑巨型台基上，
金碧辉煌气象宏。

（四）

台基占地约三亩，
高超二米阶二层。
四周砌石光而洁，
望之俨然玉雕成。

（五）

大殿巍巍矗碧空，
孔庙建筑最高峰。
比肩太和与天贶，
三大古建世界名。

（六）

殿阔九间深三间，

黄瓦覆顶雕飞甍。

重檐九脊宏而丽，

周绕回廊亮而明。

（七）

斗拱交错各相异，

雕梁画栋无雷同。

藻井枋檩贴金箔，

上面图案绘云龙。

（八）

熠耀辉映世罕见，

堂皇宏丽似皇宫。

内立三十二金柱，

支撑大殿向苍穹。

孔庙

035

（九）

四周廊下立龙柱，

均以整石雕刻成。

径长三尺高六米，

覆莲柱础垫底层。

（十）

前檐十根深浮雕，

每柱均有两条龙。

乾隆祭祀红绫裹，

为其规模超皇宫。

（十一）

殿内雕龙贴金龛，
孔子塑像置其中。
正面端坐目平视，
手秉镇圭面雍容。

（十二）

十二冕旒依帝制，
十二章服与王同。
左右四配十二哲，
祭奠奉祀越时空。

大哉孔子
世界的「三孔」

两庑

（一）

大成殿侧之两庑，
绿瓦长廊隔扇柱。
祭祀孔子之弟子，
儒家诸位先贤处。

（二）

唐朝配享二十人，
民国竟超一百五。
名字刻在木牌上，
各有神龛供入住。

寝殿

孔子夫人之专祠，
黄瓦覆盖阔九脊。
游龙团凤贴金箔，
一如皇后之居室。

孔
庙

圣迹殿

殿内壁镶圣迹图，

计有一百二十幅。

北宋书家米元章，

"大哉孔子赞"篆书。

金丝堂

当年鲁王拆孔宅，

忽闻天上金丝声。

为了纪念这件事，

即以金丝为堂名。

启圣殿

（一）

孔子父亲叔梁纥，
勇武有力战功多。
后被封为启圣王，
专祠祭祀享香火。

（二）

启圣殿为庑殿顶，
制于太和殿相同。
孔庙建筑仅两例，
启圣王者之殊荣。

孔母寝殿

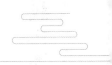

（一）

启圣殿之后，
筑有一寝殿。
孔母之专祠，
世人皆敬瞻。

（二）

孔母颜征在，
聪慧而淑贤。
英名传千古，
功德闻于天。

孔庙

（三）

"鲁国太夫人"，

追封宋朝间。

"启圣王夫人"，

追封元朝年。

（四）

孔母之一生，
可歌而可泣。
不朽之功勋，
覆天而盖地。
从古直至今，
无人能企及。
后人到此殿，
无不敬仰之。

孔
庙

诗礼堂

（一）

孔鲤趋而过此庭，
孔子教他学诗礼。
不学诗则无以言，
不学礼则无以立。

（二）

为了纪念这件事，
建筑此堂而名之。
文学大家孔尚任，
堂中进讲于康熙。

（三）

堂之匾额和楹联，

高宗乾隆之御笔。

内容高深难理解，

好像关乎诗和礼。

孔
庙

崇圣祠

（一）

祠阔为五间，
庑殿顶单檐。
前檐为石柱，
高浮雕龙蟠。

（二）

明代为家庙，
宋代为斋室。
金为金丝堂，
清为崇圣祠。

（三）

清廷行追封，
孔子上五世。
雍正之元年，
皆以王爵之。

孔
庙

（四）

奉于崇圣祠，

五世共一堂。

中为五世祖，

木金父圣王。

左为高祖父，

祁父裕圣王。

右为曾祖父，

防叔诒圣王。

再左为祖父，

伯夏昌圣王。

再右为孔父，

叔梁启圣王。

孔子故宅

故　宅

诗礼堂之后，
毓粹门以外。
门房简且陋，
孔子之故宅。

孔庙

故宅井

院内有古井，
孔子当年用。
四周围护栏，
内立碑一通。

井西不远处，
筑有一凉亭。
御碑立亭内，
黄瓦覆亭顶。

《故宅井赞》碑，
立者为乾隆。
对于孔夫子，
怀念且尊崇。

碑之全文，
书录在兹：
"疏食饮水，
曲肱乐之。
既清且渫，
汲绳到兹。
我取一勺，
以饮以思。
呜呼宣圣，
实我之师。"

鲁　壁

故井之东边，
有一壁孤立。
壁前立一碑，
上面书"鲁壁"。

根据史书载，
秦皇焚书时。
孔子九代孙，
将书藏墙壁。

西汉鲁恭王，

扩建其宫室。

拆毁孔子宅，

发现古典籍。

《论语》《尚书》等，

惊现于当世。

为了做纪念，

建造此鲁壁。

乾隆祭孔时，

曾赋《鲁壁》诗，

录此共一阅，

是否有共识。

"故井前头绰楔碑，

传开鲁壁响金丝。

经天纬地存千古，

岂系恭王坏宅时。"

孔子世系碑

鲁壁之后面，
二幢石碑立。
上边记载着，
孔子之世系。

孔庙

故宅赞

孔子之故宅，
地狭房屋陋。
井壁世系碑，
厚重而悠久。

儒家发祥地，
孔庙之源头。
世人每至此，
无不久久留。

明皇唐玄宗，
亲自祭祀孔。
立碑并赋诗，
以表其尊崇。

附：

经邹鲁祭孔子而叹之

唐 · 李隆基

夫子何为者，
栖栖一代中。
地犹鄹氏邑，
宅即鲁王宫。
叹凤嗟身否，
伤麟怨道穷。
今看两楹奠，
当于梦时同。

先师手植桧

（一）

大成门以内，

先师手植桧。

周围石栏护，

东立明代碑。

（二）

风雨两千年，

几经兵火摧。

毁而复再生，

愈久愈苍翠。

或曰所以此，

根润洙泗水。

气含尼山灵，

盎然而不萎。

孔林

谒孔林

（一）

文豹角端貌雍容，

华表高耸向太空。

马鬣封式表尊崇，

携子抱孙亲情浓。

当年弟子植奇木，

今日世人仰葱笼。

夫子之道得人心，

殁后更比生前荣。

（二）

孔林自汉以至清，

历代修建从未停。

林墙长近十五里，

林地面积三百顷。

古木参天五万株，

花草遍地百种生。

最古家族墓葬地，

规模最大最完整。

孔林神道

孔林前面有神道，
二十米宽三里长。
苍桧古柏立两侧，
如虬如龙向穹苍。

万古长青坊

（一）

道中巍然一石坊，

六柱五楼人瞻仰。

"万古长青"额上题，

象征孔子之思想。

（二）

坊上精雕盘龙图，

麒麟骏马凤朝阳。

抱鼓石夹抹楞柱，

气势雄伟貌堂皇。

孔
林

067

大哉孔子

世界的「三孔」

两碑亭

绿瓦碑亭坊两侧，

巨大石碑亭中央。

"林庙碑"立西亭中，

"孔林神道"立东方。

林门

过了神道即孔林，
林有大门和二门。
大门二门有俗称，
大林门和二林门。

孔
林

大林门

大门前立一牌坊，

多层斗拱两重檐。

明代永乐年修建，

清代又行再修缮。

坊额题为"圣林门"，

三个大字金光闪。

坊后即是大林门，

三间门楼围朱栏。

二林门

大门二门两门间，

有一甬道相接连。

甬道长约四百米，

两侧围以红墙垣。

桧柏茂盛增苍翠，

幽静庄穆人肃然。

二门原系古城门，

"至圣林"额城上悬。

洙水桥

进入二门不远处，

一水横陈桥下边。

桥之两侧石护栏，

光洁雅致令人怜。

我欲再度桥上观，

只恐福浅而无缘。

桥前立有一石坊，

"洙水桥"额题上边。

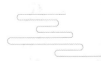

洙水

桥下洙水泛微澜，
源于泰沂临乐山。
原为周代一小河，
流经圣林增灵源。

孔
林

更衣亭

桥北东侧四合院，

元代曾为"思堂"名；

祭者更衣之场所，

今人通称更衣亭。

神庖

更衣亭东小院庭，
额题"神庖"宰畜牲。
当年祭祀筹祭品，
都在此院来运行。

孔
林

享 殿

（一）

洙水桥北挡墓门，

挡墓门后是享殿。

享殿前面之甬道，

巨型石雕列两边；

一文一武两翁仲，

华表文豹和角端；

翁仲传为秦骁将，

威震边塞保国安，

后人为了慑鬼魅，

往往雕像护林园。

华表又称为"望柱",

进入天门入云端。

文豹似豹而非豹,

温顺善良守墓边。

角端是个想象兽,

言通四方明幽远。

石雕宋清之遗物,

造型生动雕艺湛。

孔
林

（二）

享殿祭扫之场所，

黄脊绿瓦广五间。

下有飞檐和斗拱，

饰以红柱围朱栏。

孔林最大之建筑，

初为明代神宗建。

拜"谒孔林酹酒"碑，

乾隆手书存享殿。

孔子墓

（一）

享殿之后孔子墓，
旧似马背之隆起。
世人称为马鬣封，
特殊尊贵墓形式。

（二）

封土东西三十米，
南北二十又八米。
周长一里高五米，
墓周红垣以围之。

孔林

079

（三）

"大成至圣文宣王墓"，

巨大石碑墓前立。

碑文"王"字竖特长，

下面一横案挡之。

帝王祭祀看不清，

"拜师不拜王"之义。

碑文黄养正撰书，

袭封孔彦缙立石。

（四）

墓之前面有石坛，

两千年来数修葺，

上面祭器皆珍品，

精雕细刻世所稀。

"孔氏祖庭广记"载：

孔子殁后诸弟子，

冢前瓴甓以为坛，

形为正方边六尺。

东汉时期易以石，

唐以"封禅"石修之。

石案明代所雕刻，

石鼎雍正十年制。

（五）

墓东之墓子孔鲤，

墓南之墓孙孔伋。

这种墓葬之布局，

“携子抱孙”古今稀。

（六）

当年孔子辞世后，

三年心丧弟子散。

唯独子贡不忍去，

独立守墓又三年。

孔
林

（七）

子贡庐墓处

子贡尊师感世人，
立碑建屋做纪念。
"子贡庐墓处"之碑，
立于孔子墓西边。
碑后东向三间房，
长近十米五米宽。
明间开门直窗棂，
灰瓦五檩皆硬山。

（八）

楷　亭

子贡植楷于墓旁，

根深叶茂欲参天。

康熙年间遭雷火，

青枝绿叶变枯干。

后人便将枯楷树，

精心刻在碑上面。

并在此处建楷亭，

以做永久之留念。

孔
林

（九）

楷亭北侧驻跸亭，

分别纪念宋真宗，

清代康熙和乾隆，

曾在墓前祭祀孔。

帝王祭圣声势隆，

亦关国计和民生。

驻跸亭立三皇帝，

在位期间各有成。

孔林墓区

孔林墓区

（一）

孔林面积三千亩，
沿用时超两千年。
坟冢累累相挤压，
支系分区已很难。

（二）

基本可分四墓群，
孔子墓园和宋元。
明朝墓群清墓群，
碑刻完整区域宽。

孔子墓园

（一）

位于孔林中南部，
四周围之以红垣。
洙水桥北二百米，
形成独立之墓园。

（二）

孔子、孔鲤和孔伋，
祖孙三代墓井然。
孔白、孔求之墓地，
据考亦在墓园间。

宋元墓群

位于孔子墓园西，
向北延伸至北环。
四十代至五十八，
孔子后代葬其间。

明代墓群

位于宋元墓群西，
外环内环两路间。
五十九至六十五，
孔氏七代葬里边。

孔
林

清代墓群

位于孔林东北隅，

向南延伸至北环。

直至密林之深处，

孔林面积十之三。

六十六至七十六，

十一代墓在里边。

孔尚任墓于氏坊，

一并位于此区间。

于氏坊

（一）

位于清代墓群内，

孔宪培墓神道前。

四柱三间三层楼，

盖覆灰瓦顶歇山。

高超十四宽五米，

四柱石板夹似钳。

皇帝祭文刻前额，

"鸾音褒德"刻阴面。

（二）

于氏本是乾隆女，

孔宪培乃衍圣公。

弘历为将女下嫁，

女认义父于敏忠。

爱新觉罗变于氏，

嫁与孔府皇恩隆。

道光五年建此坊，

表彰于氏之勋功。

孔仁玉墓

位于宋元墓群内，
孔子墓园之北边。
谱系四十九代孙，
其父孔光嗣蒙冤。
惨被家人孔末害，
仁玉隐忍十九年。
时机成熟诉朝廷，
皇帝下诏孔末斩。
孔氏又得以中兴，
后人对其多称赞。
尊称仁玉中兴祖，
墓碑高大人敬瞻。
察人识人很重要，
举直错枉就是天。

孔林

孔尚任墓

（一）

孔尚任乃文学家，

孔子六十四代孙。

早年隐居石门山，

诗书礼乐造诣深。

（二）

康熙曲阜祭孔时，

《大学》一书主讲人。

国子监中为博士，

派往淮扬出京门。

（三）

宦海生活体验多，

不再热衷于仕进。

熟知秦淮河上事，

《桃花扇》成名古今。

（四）

作者旨在救末世，

谁知不合帝王心。

好心未能得好报，

罢官回乡何足论？

孔
林

（五）

墓处清代墓群中，

龙头墓碑崇而尊。

墓高三米径六米，

一年四季多游人。

走近孔林

（一）

古老孔林两千年，

十万坟冢遍墓地。

碑碣多达数千块，

书法雕刻大汇集。

刻石题写多书家，

笔力深厚名于世：

康有为和翁中纲，

李东阳和何绍基。

孔
林

（二）

孔子墓地之园内，

至今尚不生荆棘。

林中古树数万株，

从来未有乌鸦栖。

花草遍地数百种，

自古绝无有蛇迹。

这些状况实罕见，

世人无不称神奇。

孔府

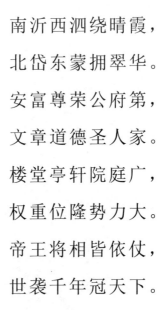

谒孔府

南沂西泗绕晴霞，

北岱东蒙拥翠华。

安富尊荣公府第，

文章道德圣人家。

楼堂亭轩院庭广，

权重位隆势力大。

帝王将相皆依仗，

世袭千年冠天下。

衍圣公

（一）

孔子四十六代孙，
谱系名为孔宗愿。
仁宗赐封衍圣公，
时为北宋至和年。

（二）

此后历代相承袭，
历时八百八十年。
直到一九三五时，
民国改称奉祀官。

孔府

（三）

衍圣公爵级别高，

明代属于一品衔。

班列文官之首位，

其他官员不可攀。

（四）

清代更超阁臣上，

几于皇帝相比肩。

紫禁城内可骑马，

宫中御道能盘桓。

（五）

自称"十全"乾隆帝，
　嫁女孔府费周旋。
　囿于满汉不通婚，
　汉臣义父破难关。

（六）

　至尊帝王尚如此，
　何况天下之众官？
　衍圣公爵之显赫，
　有如日之于中天。

孔府

（一）

世袭衍圣公府第，

名满天下第一家。

只缘夫子之道宏，

泽及后代之荣华。

（二）

孔府占地二百亩，

厅堂楼轩五百间。

整体布局分三路，

各具风范有洞天。

（三）

东路家庙和作坊，

慕恩堂和一贯堂；

西路花厅红萼轩，

忠恕堂和安怀堂。

（四）

主体建筑在中路，

前衙后宅隔门墙。

衙仿朝廷设六厅，

宅似宫院有二堂。

大门

孔府大门面向南，

富丽堂皇而威严。

红牙黑漆高而大，

狻猊辅首再镶嵌。

门之两侧立石狮，

逼真传神貌昂然。

蓝底金字"圣府"匾，

门之正中上方悬。

东西明柱题金字，

清人纪昀手书联。

门之内建两厢房，

东西对称各五间。

西侧设有赍奏厅，

专伺京差兼外传。

东厢也称为东房，

催征投递办公案。

二门

（一）

二门大门隔庭对，

"圣人之门"竖匾悬。

门内有座重光门，

四周不接于墙垣。

（二）

明代皇帝朱厚熜，

亲颁"恩赐重光"匾。

因此称为重光门，

平时紧闭不开关。

（三）

只有帝王临幸时，

或逢祭孔之大典。

方在十三礼炮中，

徐徐开启门两扇。

孔
府

六　厅

（一）

封建王朝设六部，

孔府仿照设六厅。

位于重光门两侧，

六品官衔职权明。

（二）

管勾厅管办祭品，

掌握钱粮收地租。

百户厅管为孔府，

管理服务之奴户。

典籍厅管御赐物，

礼仪典章之制度。

知印厅则管印信，

负责文书之签署。

掌书厅则管档案，

以及各种之文书。

司乐厅则管乐队，

节日喜庆献歌舞。

大堂

（一）

重光门后是正厅，

亦即孔府之大堂。

这是当年衍圣公，

处理政务之地方。

宣读圣旨见官员，

节日寿辰仪式场，

申明家法和族规，

审理大案正纲常。

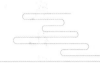

（二）

威严宽敞之大堂，

上面鸱吻饰飞鹰。

檐下斗拱隐而暗，

旁边云朵亮而明。

堂内梁柱绘彩云，

大厅若浮在云层。

气氛庄严而神秘，

令人肃然于无形。

（三）

大堂中央有暖阁，

太师椅置阁正中。

斑斓虎皮威而武，

高大公案亮而红。

文房四宝整而洁，

印盒签筒庄而重。

往事并不如云烟，

衍圣公去堂未空。

（四）

堂内两旁陈仪仗，
衔牌"回避"与"肃静"，
金爪钺斧如意钩，
曲枪鬼刀朝天镫。
官衔牌涂红底漆，
八抬大轿黄金顶。
俗称"十八牌銮驾"，
以备衍圣公出行。

二　堂

（一）

两匾并悬二堂中，

"钦承圣绪"气象宏，

"诗书礼乐"相并肩，

端正大方庄而重。

（二）

接受皇帝之委托，

替代朝廷考童生。

考场设在二堂内，

为国选才神而圣。

（三）

二堂之内设二厅，
伴官西间启事东。
两厅都是紧要处，
有如人体之股肱。

（四）

启事厅设四品官，
负责内秉和外传，
收发公文予机密，
责任重大不一般。

（五）

伴官厅设六品官，

随朝伴官有六员。

衍圣公之入朝事，

一应事物全都管。

三堂

三堂俗称为退厅，

处理族务息纷争。

东西配房各一院，

一财一档两分明。

内宅门

（一）

三堂后面内宅门，

戒备森严防擅进。

皇帝特赐三兵器，

违者打死而勿论。

（二）

御赐兵器燕翅镗，

金头玉棍虎尾棍。

三对兵器威力大，

一般人远不敢近。

（三）

内宅门之内壁上，
绘有动物似麒麟。
它的名字叫作贪，
据说性好吞金银。

（四）

画于此处戒子孙，
廉洁奉公守祖训：
贪赃枉法即禽兽，
不得进入内宅门。

孔
府

（五）

门侧墙外有水槽，

内宅用水要人挑。

挑夫将水倒槽内，

隔墙流入共消耗。

前上房

（一）

影壁正北前上房，
庄严静穆而堂皇。
主人接待至亲处，
家宴节庆之地方。

（二）

院内东西各一树，
挺拔秀美十里香。
每当春夏之交时，
清香浮动飘四方。

（三）

房前有一大月台，

石鼓有鼻莫奇怪。

唱戏扎棚之脚石，

四角各一巧安排。

（四）

上房明间高高悬，

"宏开慈宇"之大匾。

中堂之上挂"寿"字，

慈禧亲笔实罕见。

（五）

陈设豪华装饰精，

家具贵重多古玩。

文物众多皆珍品，

琳琅满目世所罕。

（六）

御赐物品东侧间，

同治圣旨之原件，

乾隆所赐荆根床，

连同座椅放床边。

（七）

里间桌上摆放着，

一套餐具曰满汉。

珍贵华美世所稀，

共有四百零四件。

前后堂楼

（一）

前上房后两堂楼，
楼院对称前与后。
七间二层木雕栏，
富丽堂皇第一流。

（二）

两楼均居衍圣公，
富贵豪华似宫廷。
前楼主人孔令贻，
后楼主人孔德成。

孔府

127

（三）

前楼中挂福禄寿，

东间御赐之"十供"。

商周时期青铜器，

稀世珍宝赐乾隆。

（四）

后楼中堂之陈列，

尚与当年婚礼同。

结婚用品依然在，

亲朋馈赠礼品隆。

（五）

东里间为接待室，
名人字画为装饰。
梅兰芳之画牡丹，
东墙右侧高挂之。

（六）

里套间是孔德成，
其妻孙琪芳卧室。
东面墙上镜框中，
孔女孔妻及孔氏。

花
园

（一）

内宅之后是花园，
凉亭水榭曲桥连。
花坞石岛赏月台，
幽径迂回林木间。

（二）

院内一株君子柏，
一树五枝中生槐。
奇伟娇秀世少有，
天上人间四百载。

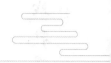

东路

（一）

东路建筑称东学，
有些堂舍已倒圮。
沐恩堂和一贯堂，
孔氏家庙尚存之。

（二）

沐恩堂乃一专祠，
内奉高宗女于氏。
一贯堂义源《论语》，
孔府近支居住之。

孔府

（三）

孔氏家庙存档案，
分门别类近万卷。
上从嘉靖元年起，
下至一九四八年。

（四）

孔氏家庙存文物，
稀世珍品种类全。
字画陶瓷铜玉器，
古籍碑帖木雕版。
珐琅刻石古钱币，
圣旨诰命古印鉴。
明清服装八千种，
各种藏品九万件。

西路

西路建筑称西学，
厅堂轩房七十间。
南北花厅接宾客，
读书习礼红萼轩。

阁老凳

大堂二堂通廊中，
放着一条长木凳；
当年严嵩畏获罪，
前来求见衍圣公。
曾在凳上久久等，
从此被称阁老凳。
时过境迁几百年，
反而不知凳原名。

孔府宴

满汉全席好气派，
一百九十四道菜，
四百零四器皿盛，
博得朝廷之青睐。

孔府名菜传古今，
诗礼银杏珍珠参，
一品豆腐神仙鸭，
绣球鱼翅玉虾仁。

附 录

大哉孔子

世界的「三孔」

孔子遗迹

尼　山

尼山原名尼丘山，

孔子名"丘"而避之。

盖因圣人诞生地，

闻名四海多圣迹。

夫子洞

位于尼山东崖下，

此洞亦称坤灵洞。

当年孔母路过此，

顿觉腹中之疼痛。

走进洞内生孔子，

母子平安遂初衷。

洞内石床今仍在，

洞前立有碑一通。

尼山孔庙

始建后周显德年，

宋元明代屡修缮。

依山而筑棂星门，

共有建筑四进院。

二门即为大成门，

主体建筑大成殿。

讲堂土地在东路，

毓圣启圣在西边。

尼山书院

位于尼山孔庙北，

始建宋代庆历间。

曲阜知县孔宗愿，

扩建孔庙置祭田。

建立书院立学会，

正房两厢各三间。

《尼山书院碑》一幢，

现移尼山孔庙前。

观川亭

尼山孔庙东南隅，

临崖一亭正方形。

单檐歇山覆灰瓦，

檐下竖匾"观川亭"。

亭南堤下即沂水，

孔子在此叹人生：

时光就像这流水，

不舍昼夜向前行。

颜母祠

位于尼山东腰处，

供奉孔母之建筑。

明代所立赞颂碑，

风貌依然似当初。

祠之西面颜母井，

至今民众感情深。

孔母生子口渴甚，

井水太深难以饮。

为难之际井壁斜，

即可饮用解窘困。

此井亦称扳倒井，

喜说乐闻传古今。

梁公林

孔子父母之墓地，
曲阜城东三十里。
古柏参天桧成荫，
面对防山背靠泗。

孔父辞世孔子幼，
母逝不知父墓地。
灵柩暂厝遍走访，
终使父母合葬之。

孔子当年曾经说：
吾闻古者墓不坟，
今某东西南北人，
封冢四尺留乾坤。

后世屡经之修建，
规模宏大树成林。
占地面积六十亩，
周围石墙气象森。

孔子闻韶处

孔子当年游齐国，

听到舜时之韶乐，

三月不知肉滋味，

埋头学韶如入魔。

当年孔子闻韶处，

至今仍存在淄博。

孔子闻韶处石碑，

立于韶院游人多。

孔子入周问礼处

孔子为了学周礼，

不远千里到洛邑。

遍读古籍和档案，

广泛了解周礼仪。

至今洛阳东关街，

在一悬山牌楼里。

里面镶着一古碑，

上面刻着九大字：

"孔子入周问礼乐至此"，

清朝雍正五年立。

孔子登东山小鲁处

《孟子·尽心上》中载：
"孔子登东山而小鲁"。
峄山亦称为东山，
上刻"孔子登临处"。

孔子登泰山小天下处

攀登刚过一天门，

便到"孔子登临处"。

石碑书体乃正楷，

明人罗洪先所书。

泰山顶端孔庙前，

阶下立有一石坊。

"望吴胜迹"坊上刻，

记载登临之盛况。

孔子宰中都处

孔子五十三岁时，

鲁君任命"中都宰"。

中都汶上次邱乡，

"中都故址"碑仍在。

附
录

齐鲁夹谷会盟处

齐鲁夹谷会盟时，

孔子相鲁而败齐。

夹谷之地在何处？

众说纷纭而不一。

经过考察明确了，

即今莱芜夹谷峪。

仪封人请见处

仪封人请见孔子，
接见之后他就说：
诸位何需沮丧呢？
天将夫子为木铎。

仪封人之请见处，
即今兰考仪封乡。
"古碑圣井"今犹在，
"仪封书院"已渺茫。

孔子击磬处

《论语·宪问》篇中记，

孔子周游列国时，

卫国久住心烦闷，

室内击磬以遣之。

一个挑着草筐人，

深解孔子之心意，

并对孔子作劝勉，

孔子深深感动之。

当年孔子击磬处，

在今河南汲县地。

古时建有击磬亭，

《击磬亭图》载县志。

孔子击磬处之碑，

乾隆年间亭中立。

孔子匡蒲被围处

孔子周游列国时，

匡蒲两地曾被围。

两地均在河南省，

长垣县域管辖内。

桓魋伐树处

孔子师徒到宋国，
桓魋正在做石椁。
费时三年尚未成，
孔子讽刺其太过。

师徒树下正习礼，
桓魋伐树杀气多。
弟子慌忙离之去，
子曰桓魋奈何我？

当年桓魋伐树处，
河南商丘市西郊。
此处建起文雅台，
至今古台存旧貌。

矍相圃

孔子射御处，
地处孔庙东。
周长二里许，
墙高一丈中。
石碑"矍相圃"，
立时在乾隆。

子路问津处

孔子周游列国时，

走着走着迷了路。

孔子困惑使子路，

去问长沮和桀溺。

他们二人不回答，

反将孔子行讽刺。

当年子路问津处，

在今河南郾城地。

郾城有个问津寨，

城之西边四十里。

寨北有个十字路，

路口即是问津地。

孔子陈蔡绝粮处

孔子周游列国时，

陈蔡之间曾绝粮。

"七日不曾举火食"，

弟子个个闹饥荒。

子路曾经发牢骚，

孔子弦歌如平常：

君子固穷不气馁，

天命必达何彷徨。

陈蔡绝粮处河南，

淮阳城外西南方。

明代成化六年时，

知州戴昕重纲常。

在此建起弦歌台，

以供世人共瞻仰。

舞雩台

《论语·先进》篇中记，
　子令弟子各言志。
　子路冉有等言后，
　曾皙接着而言之：
"沐乎沂风乎舞雩"，
　"咏而归"之真惬意。

　舞雩台之在何处？
　曲阜城南五百米。
　古台至今犹存在，
　大树参天而茂密。
"舞雩坛"之三字碑，
　依然台上而端立。

洙泗书院

位于曲阜市北郊，

洙水之北泗水南。

孔子晚年讲学处，

删书定礼在其间。

弟子房舍和井瓮，

东汉时期犹存然。

后为纪念祭祀地，

隋唐以降数修缮。

书院占地三十亩，

坐北向南尊而严。

院分三区中东西，

中院乃为两进院。

前院之中有讲堂，

后院之中大成殿。

东院神庖更衣厅，

西院神厨礼器间。

一九八七建院墙，

古老书院更壮观。

孔子称谓

尼父之称始于鲁,
哀公对孔之敬称。
素王有道无位者,
世人对孔之尊称。
圣之时者集大成,
孟子对孔之赞评。
先师尼父始于隋,
文帝对孔之尊称。
先圣先师始于唐,
高宗对孔之敬称。
宣父始于唐太宗,
贞观十一年敬称。

万世师表康熙题，

后为孔子之尊称。

圣人称谓始荀子，

乃对孔子之尊称。

夫子称谓源子贡，

乃对孔子之敬称。

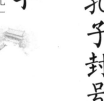

孔子封号

褒成宣尼公，

汉代平帝追谥之。

文圣尼父，

北魏孝文帝追谥之。

邹国公，

北周宣帝追封之。

隆道公，

唐代中宗追封之。

文宣王，

唐代玄宗追谥之。

玄圣文宣王，

宋代真宗追谥之。

至圣文宣王，

宋代真宗又追谥。

大成至圣文宣王，

元代武宗追谥之。

至圣先师，

明代世宗追谥之。

大成至圣文宣先师，

清代世祖追谥之。

大哉孔子
世界的「三孔」

历代帝王朝圣

历代之帝王，
治国理民计。
亲自到曲阜，
朝圣于孔子。
共有十二人，
朝圣十九次。

西汉高祖帝，

东汉光武帝，

东汉之明帝，

东汉之景帝，

东汉之安帝，

北魏孝文帝，

唐代高宗帝，

唐代玄宗帝，

后周太祖帝，

宋代真宗帝，

清代康熙帝，

清代乾隆帝。

乾隆帝朝圣

乾隆帝朝圣，
先后共八次。
每次在孔庙，
祭奠行大礼。
有时去孔林，
酹酒而祭之。

接见衍圣公，

及孔之后裔。

有时赐祭器，

贵重世所稀。

题诗数十首，

以示尊先师。

咏三孔

孔庙、孔林和孔府，
国家重点之文物。
已入世界文遗录，
"现身"欧美话千古。

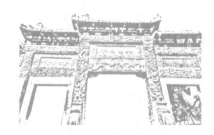

后　记

张岱年先生说："尊孔的时代已经过去了，反孔的时代也已经过去了，现在的任务是以科学的实事求是的精神来研孔、评孔。"

让我们看看古今名人对孔子的评说。

仪封人请见，从者见之。出曰："二三子何患于丧乎？天下无道也久矣，天将以夫子为木铎。"

子路宿于石门。晨门曰："奚自？"子路曰："自孔氏。"曰："是知其不可而为之者乎？"

颜回喟然叹曰：夫子之学也，"仰之弥高，钻之弥坚，瞻之在前，忽焉在后，夫子循循然善诱人，博我以文，约我以礼，欲罢不能。既竭吾才，如有所立卓尔，虽欲从之，末由也已"！

子贡曰："夫子之文章，可得而闻也；夫子之言性与天道，不可得而闻也。"

卫公孙朝问于子贡曰："仲尼焉学？"子贡曰："文武之道，未坠于地，在人。贤者识其大者，不贤者识其小者。莫不有文武之道焉。夫子焉不学？而亦因何常师之有？"

叔孙武叔毁仲尼。子贡曰："无以为也，仲尼不可毁也。他人之贤者，丘陵也，犹可逾也，仲尼，日月也，无得而逾焉。人虽欲自绝，其何伤于日月乎？见其不自量也！"

陈子禽谓子贡曰："子为恭也，仲尼岂贤于子乎？"子贡曰："君子一言以为知，一言以为不知，言不可不慎也！夫子之不可及也，犹天之不可阶而升也。夫子之得家邦者，所谓'立之斯立，道之期行，绥之期来，动之斯和。其生也荣，其死也哀，如之何其可及也？"

孔子殁后，鲁哀公谏曰："旻天不吊，不慭遗一老，俾屏余一人以在位，茕茕余在疚。呜呼哀哉（尼父）毋自律！"

太史公曰："天下君王至于贤人众矣，当时则荣，没则已焉。孔子布衣，传十余世，学者宗之。自天子王侯，中国言六艺者折中於夫子，可谓至圣矣！"

一位无名诗人说："天不生仲尼，万古长如夜。"他把孔子比作光明。

一位有名诗人说："胜日寻芳泗水滨，无边光景一时新。等间识得东风面，万紫千红总是春。"他将孔子之道比作春风。

一位清代皇帝说："扶植纲常百代陈，天将夫子觉斯民，帝法师法成隆治，北庶遵由璜至淳，道统常垂今与古，文明共仰圣而神，功能遡自生民后，地辟天开第一人。"

鲍鹏山教授说："孔子是人，但是，孔子不是一个普通的人，他早已"优入圣域。"

孔子是中国历史上最伟大的成功者。

第一，他做人很成功。

他由一个社会下层的普通人，成为"万世师表"的"圣人"，这是古往今来，独他一人达到的境界！

第二，他做事很成功。

他做老师，很成功。古往今来还有哪一位老师，像他那样弟子三千，贤者七十二？还有哪一位老师，被学生看成父亲，死后被学生守墓三年，更是被子贡守墓六年？

后
记

他做学者，很成功。他整理六经，传播文化，其思想对中国文化产生了深远影响。

他做政治家，很成功。他不仅在现实政治里大显身手，更重要的是，他的政治思想、政治理念、政治理想成为"道统"，一直约束、引领着后世的政治和政治家。

他做思想家，很成功。中华民族的民族道德、民族精神、民族性格、民族气质就是孔子塑造出来的。以他为代表的传统文化，保证了一个民族在两千多年里创造出辉煌灿烂的历史！

梁漱溟先生说："孔子的东西不是一种思想，而是一种生活。"

和迁哲郎说："孔子是用最平凡的日常态度来揭示人性的奥秘。"

爱默生认为"孔子是全世界各民族的光荣"。

两千多年过去了，孔子的故宅已扩建为规模宏大的孔庙，庙旁是堂皇威严的孔府，曲阜城北有世界著名的家族墓地孔林。孔庙、孔林、孔府已被列为世界文化遗产。孔子对子贡"己所不欲，勿施于人"的教诲，已悬挂在联合国总部的大楼里，写进了联合国《人权宣言》《世界伦理宣言》。

诗人臧克家说:"有的人活着,他已经死了;有的人死了,他还活着。"

孔子死了。

孔子还活着。

怀着对孔夫子的崇敬之心,笔者写了《大哉孔子》,其中《生命的历程》分册是孔子传记,《不朽的〈论语〉》分册是学习《论语》的心得,《世界的"三孔"》分册是对参观学习孔庙、孔林、孔府的追记。

学浅见陋,讹谬难免,敬请大家教正。

王之俊

乙巳初夏于济宁